PRÉCIS HISTORIQUE,

DE CE QUI S'EST PASSÉ

A MONTPELLIER,

LORS DU PASSAGE

DE S. A. R. MONSEIGNEUR

LE DUC D'ANGOULÊME;

*par M.ʳ P. M.*****, fils.*

Ses vertus, ses talens et sa noble vaillance
Font reconnoître en lui un noble fils de France.

A MONTPELLIER,

De l'Imprimerie de J.-G. TOURNEL, place de la
Préfecture, n.º 216,

1815.

PRÉCIS HISTORIQUE

De ce qui s'est passé à Montpellier, lors du passage de S. A. R. Monseigneur LE DUC D'ANGOULÊME.

Le mois de Mars mil huit cent quinze, désormais célèbre par l'exemple le plus affreux de la trahison la plus noire et de la plus insigne félonie, avoit procuré à la Ville de Montpellier le bonheur inattendu de posséder quelques instans S. A. R. Monseigneur le Duc d'Angoulême; mais, remplis de craintes et de terreurs, le peu d'Habitans qui eurent le bonheur de se trouver sur son passage, ne purent lui témoigner les sentimens d'amour et de respect dont ils étoient remplis, pour son auguste personne, celle de notre digne Monarque et les Princes de sa maison ; dont son auguste père Monsieur, avoit été le témoin lors de son passage dans notre ville. Il nous manquoit à tous de pouvoir contempler à loisir ses traits chéris, de nous enivrer des plaisirs que causeroit sa présence au milieu de nous ; et de pouvoir lui dire avec cette expression du sentiment : PRINCE auguste vous nous étiez cher à bien de titres , mais vous avez acquis plus de droits à notre amour et à nôtre reconnoissance depuis que , par le sacrifice volontaire de votre auguste personne, vous avez sauvé notre belle province des maux affreux de la guerre et du pillage.

Vers le milieu du mois d'Octobre dernier, on apprit à Montpellier que S. A. R. MONSEIGNEUR le DUC D'ANGOULÊME étoit arrivé à Lyon, qu'il alloit visiter la Provence, et de là se rendroit à Toulouse, parcourant ainsi toutes les villes du Languedoc.

Sur cette nouvelle, la ville de Montpellier, connue par son dévouement à la famille des Bourbons, conçut l'heureux espoir de posséder quelques jours dans son sein , l'auguste rejetton de ce chêne antique, qui depuis plus de cinq siècles a couvert de son ombre tutélaire , cette belle France , digne héritage des enfans de St. Louis et d'Henri IV.

Pendant le temps que dura l'incertitude du jour fixé de l'arrivée de S. A. R., on s'apercevoit de la joie qui animoit les habitans de Montpellier ; enfin le cinq du mois de Novembre, Monsieur le Marquis Dax-Daxat, chevalier de l'Ordre Royal et Militaire de St. Louis et de la Légion d'Honneur, Maire de la ville, annonça, par une affiche, l'arrivée de S. A. R.

pour le sept ; mais comme les intentions dé notre auguste Monarque, sont qu'il ne soit fait aucune dépense pour les voyages des Princes, Monsieur le Marquis Dax-Daxat ne fit aucune invitation aux habitans pour qu'ils eussent à décorer leurs quartiers, et principalement les rues que devoit parcourir le cortége de S. A. R. au moment de son arrivée ; sans doute il comptoit assez sur leur zèle et leur amour, pour l'auguste famille des Bourbons. Son attente n'a pas été trompée ; chacun s'empressa de décorer la façade de sa maison, et l'aurore de ce jour tant désiré offrit aux regards des curieux, toutes les rues ornées de guirlandes et de festons d'où pendoit des devises plus ou moins ingénieuses, où chacun exprimoit à sa manière les sentimens qui l'animoit pour son Roi et son Prince. Toute la route que S. A. R. devoit parcourir fut sablée et tendue en blanc ; des drapeaux avec les armes de France et d'autres emblêmes flottoient à toutes les croisées. La Grand'Rue sur-tout offroit un très-beau coup-d'œil ; un chiffre du Prince L. A. Louis Antoine, se faisoit remarquer au-devant de la maison de Mᵐᵉ Durand près de Fontanel, M.ᵈ d'estampes, par sa simplicité et sa beauté. La lettre L. étoit en fleurs de pensées naturelles, et la lettre A. en fleurs d'immortelles, emblême ingénieux des désirs de l'auteur. Fontanel, dont on connoit le royalisme, et qui vient par là plus noire perfidie d'éprouver de si grands malheurs, s'étoit fait remarquer par une inscription, qui dans son genre n'en offroit pas moins l'expression de ses sentimens ; elle consistoit en ces mots : *Je puis tout éprouver, mais, fidèle aux Bourbons, mon cœur ne peut changer.* C'étoit à l'hôtel de la préfecture que S. A. R. devoit descendre (1).

Dès le matin, Monsieur le Comte de la Prunarède, attaché à la maison du Prince, avoit eu soin de prévenir Monsieur le préfet, que S. A. R. arriveroit à trois heures , cet avis, officiellement communiqué aux différentes autorités, se répandit, et toutes les personnes qui devoient concourir à former le cortége

---

(1) On a remarqué , avec une sorte de plaisir , que pour tâcher de faire oublier les principes qu'ils ont manifesté depuis vingt-cinq ans , les jacobins-fédérés étoient ceux qui s'étoient le plus distingués dans la décoration de leurs maisons ; commenceroient-ils à se repentir ? Voudroient-ils rentrer sincérement dans le sentier de l'honneur dont ils se sont si souvent écartés ? Nous le voudrions........ mais ils nous ont si souvent trompé , qu'il faudroit, avant de croire à leur conversion , les soumettre à quelques épreuves. Jadis, dans l'ancienne église, on condamnoit le pécheur à ne pas se montrer pendant un temps dans l'assemblée des fidèles ; nous avions avant la révolution , les couvens des filles repentantes , pourquoi n'établiroit-on pas aujourd'hui le couvent des jacobins repentans .

triomphal de cet auguste Prince, se mirent en mouvement.

L'État major du département se rendit au pont de Salaison (1), le conseil de préfecture, à la téte duquel se trouve Monsieur Paul aîné doyen, remplissant les fonctions du Préfet par la retraite de M. le Chevalier de Brévannes, et en l'absence de M. de Floirac déjà nommé, accompagné de M. Bougette fils, secrétaire général, et M. Gauthier d'Hauteserve, Sous-

---

(1) Nous regrettons de ne pouvoir donner ici la harangue qui a dû être faite à S. A. R. par l'Etat-major, et le nom du membre qui portoit la parole; l'opinion des membres de ce corps respectable étant connu, je me dispenserai d'en faire ici l'éloge, mais je citerai avec complaisance M. de Brésillac, commandant de la Gendarmerie, qui, depuis Lunel jusqu'au moment de son départ, n'a pas un seul instant quitté S. A. R., et n'a cessé de lui donner des marques du plus grand dévouement. M. de Bressillac est un brave militaire qui a su acquérir l'estime des habitans de Montpellier, qui se rappelleront long-temps ses rares qualités.

Nous avons oublié de dire que des enfans de 12 à 15 ans, au nombre d'environ 500, s'étoient portés jusqu'au pont de Salaison; qu'ils formoient une haie sur la grand'-route, et firent, à l'arrivée du Prince, retentir l'air des cris de vive le Roi, vive le Sauveur du midi, vive notre Père le Duc d'Angoulème! Le fils de Fontanel, marchand d'estampes, étoit à leur tête avec un tambour, et ne cessa de battre aux champs que lorsque le Prince fut arrivé près de la ville.

Préfet, se rendirent au pont de Castelnaud;
et là, M. Paul présenta à S. A. R. l'hommage
des administrés de l'Hérault, en ces mots :

« MONSEIGNEUR,

« Les français de ce Département, pleins
« de vénération pour les rares vertus de V.
« A. R., viennent déposer à vos pieds l'hom-
« mage de leur dévouement et de leur amour
« pour un Prince, qui fut toujours et leur dé-
fenseur et leur père «.

S. A. R. a répondu, qu'il connoissoit les
principes et la fidélité des habitans du département de l'Hérault, et qu'il acceptoit avec plaisir
leur marque de dévouement.

Sur les quatre heures après midi, S. A. R.
parut à la vue de Montpellier ; elle fut saluée
par le canon de la Citadelle, toutes les cloches
annoncèrent sa présence; sa voiture s'arrêta au-
devant de l'enclos dit de Mascle, et là Monsieur
le Maire à la tête du corps municipal, malgré le
bruit des acclamations et les cris réiterés de Vive
le Roi, Vive Monseigneur le Duc d'Angoulême,
parvint à lui faire entendre ces mots :

« MONSEIGNEUR ,

» V. A. R., en honorant la ville de Mont-
» pellier de son auguste présence, comble le
» vœu de ses habitans. Qu'il lui est aisé d'en
« juger à cette joie vive et franche qui éclate

» de toute part. Tous dans l'ivresse d'un
» bonheur désiré depuis si long-temps, et tra-
» versé par tant d'alarmes, se pressent autour
» du Prince adoré, qui daigna ranger notre
» jeunesse fidèle sous ses glorieux drapeaux.
» Tous veulent contempler le Sauveur du
» Midi, l'entourer de leur amour, de leur recon-
» noissance, et déposer à ses pieds le tribut
» de leur respectueuse et constante fidélité
» pour le meilleur des Rois ».

S. A. R. a répondu, les bons habitans de
Montpellier me sont connus, soyez mon organe
auprès d'eux. Après ces mots le Prince descendit de voiture et accepta le cheval qui lui
fut offert, avec lequel il fit son entrée dans
la ville, ayant à sa droite M. le Général Briche,
et à sa gauche M. le Comte de Murles, Maréchal
de Camp, Inspecteur des gardes nationales ; les
gentilshommes de sa suite et l'Etat-major étoient
à cheval. Les autorités qui avoient été au
devant de lui le précédoient ; son escorte étoit
une nombreuse garde d'honneur à cheval, la
garde urbaine et le régiment de ligne, chasseurs d'Angoulême. La Gendarmerie Royale
ouvroit et fermoit la marche. Sur divers points
étoient postés des plotons du 17e dragons, et
une partie des chasseurs à pied d'Angoulême
formoient une haie dans les rues par où il
devoit passer. Ces rues étoient le faubourg de
Nismes, l'Esplanade, la place de la comédie,

la Grand'Rue, le Boulevard, la porte du Peyrou
(ou étoit postée la Cour Royale en robe rouge
pour saluer S. A. R.), le Plan du Palais et la
Rue qui conduit à l'Hôtel de la Préfecture.

La population de la ville, qui s'étoit accrue
d'une immense quantité d'étrangers, étoit toute
dans les rues, aux fenêtres et aux faîtes même
des maisons. Les jeunes gens de divers quartiers
avec leurs drapeaux, exécutoient, au son du
haut-bois, les danses du pays sur le passage
du Prince ; par-tout éclatoient les transports
d'un peuple enivré de joie ; par-tout on en-
tendoit les cris de Vive le Roi, Vive Monseigneur le Duc d'Angoulême, Vive le Sauveur
du Midi, Vive les Bourbons, Vive Madame
la Duchesse. Les dames qui, par l'effet de leur
émotion, ne pouvoient se faire entendre, déplo-
yoient leurs mouchoirs blancs et les agitoient
en divers sens pour témoigner leur allégresse.
Ces élans, ces transports, que l'on peut assurer
sans crainte être véritablement ceux du cœur,
excitèrent la sensibilité de S. A. R. qui daigna
même en témoigner sa satisfaction.

Arrivée à son hôtel, S. A. R. fut conduite
dans les appartemens par Monsieur le Conseiller
de Préfecture Doyen, elle y prit le repos dont
elle avoit besoin. A six heures, la table fut
servie, MM. le Baron de Briche, lieutenant
général, le Maréchal de camp de Lagarde, le
Maréchal de camp Comte de Murles, de Forton,

premier Président de la Cour Royale, de Paul,
Doyen du Conseil de Préfecture, de Bougette,
fils, Secrétaire général, le Marquis Dax-Daxat,
Maire de Montpellier, Castelnaud, adjoint à la
Mairie, Philippe de Paul, adjoint à la Mairie,
le Colonel Chevalier de Lafitte, le Vicomte
de Lalandelle, Lieutenant du Roi, Gautier
d'Hauteserve, Sous-Préfet, Lajard, Commandant
la Légion des gardes nationales, Bernard, Major
des Chasseurs d'Angoulême, de Belleval, chef
d'Escradon, de Chauvet, Président du Tribunal
de première instance, y furent admis. S. A. R.
avoit à sa droite M. le Baron de Briche, et à
sa gauche le Maréchal de Camp de Lagarde.

On avoit annoncé pour le spectacle, Françoise
de Foix, et les clefs de Paris ou le souper
d'Heuri IV. Entre les deux pièces, M. Belfort
chanta la cantate de M. Renaud, avocat, inti-
tulée *le tribut d'amour du midi* (1). S. A. R. s'y
rendit à neuf heures ; la salle n'étoit pas assez
grande pour les spectateurs. L'enthousiasme
étoit à son comble ; les battemens de mains,
les acclamations, les cris de Vive le Roi souvent
répétés, suspendus, puis repris avec plus de
vigueur, faisoient retentir la salle ; l'orchestre
exécuta l'air *Vive Henri IV*, et *où peut-on être
mieux*; le Prince étoit transporté, il témoignoit

_____

(1) Cette Cantate est à la fin de cet écrit.

par son sourire combien il se sentoit heureux;
la joie que témoignoit le public paroissoît tenir
du délire, la journée fut enfin terminée par
une illumination générale (1).

Le second jour que S. A. R. donna à la ville
de Montpellier fut comme le premier, éclairé
par le plus beau Soleil, il sembloit que le temps
se plaisoit à rendre la joie publique encore plus
éclatante.

A dix heures S. A. R. se rendit, à pied, à
l'Eglise Cathédrale où elle entendit la messe,
qui fut célébrée par Monseigneur l'Evêque.
Ce prélat respectable qui dans des temps orageux,
osa élever sa voix et du haut de la chaire de
vérité lancer anathème contre ce Gouverne-
ment anarchique, à la tête du chapitre, la
reçut à l'entrée du temple, et lui adressa le
discours suivant.

MONSEIGNEUR,

« C'est avec une bien vive et bien douce
» émotion, qu'entouré de mon clergé, je viens

---

(1) Nous avons remarqué avec peine que MM. les
Musiciens de l'orchestre n'ont pas, dans l'exécution de
certains morceaux, donné cet élan, ce feu, cet enthousiasme que l'on étoit en droit d'exiger. On craint de
deviner le motif de leur apathie ; mais on est étonné
que M. Fleury, bon et franc royaliste, n'ait pas formé
son orchestre comme il auroit dû l'être ; il est fâcheux
d'y trouver des figures sinistres.

» offrir à votre Altesse Royale, l'hommage des
» sentimens , de respect , de soumission et
» de dévouement dont nos cœurs sont pénétrés
» pour le meilleur des Rois, pour V. A. R.
» et pour les Princes de votre auguste maison.
» Ce clergé, Monseigneur, s'est montré digne
» de vos bontés par sa fidélité inébranlable au
» milieu des plus grands dangers. Nos vœux,
» nos supplications , nos prières, vous ont
» constamment suivi, soit à la tête des armées
» où vous avez développé une valeur si bril-
» lante, si digne d'un fils d'Henri IV, du
» sang qui coule dans vos veines, le plus pur,
» le plus noble, le plus illustre qui soit dans
» l'univers, et qui vous a mérité si justement
» le titre glorieux de Héros du Midi, soit dans
» ces épreuves cruelles, dans ces adversités
» douloureuses, où votre grande âme a déve-
» loppé un courage plus magnanime encore et
» des vertus plus héroïques et plus dignes d'un
» fils de St. Louis. Mais la divine providence,
» après avoir versé sur nous la coupe de sa colère
» met le comble à sa bonté et à sa miséricorde,
» en vous rendant enfin à nos désirs et à notre
» amour, pour le bonheur de la France et la
» gloire de la réligion. Il est bien digne de votre
» piété, Monseigneur, de venir, entouré de ce
» bon peuple, en rendre d'immortelles actions
» de grâce au Roi des Rois, et de présenter
» au ciel et à la terre le plus touchant spectacle,

» celui d'un Prince prosterné devant la majesté
» suprême. »

. Le Prince répondit des paroles religieuses
que nous regrettons de n'avoir pas été à portée
d'entendre.

S. A. R. fut conduite sous un dais porté
par quatre Chanoines: elle fut se placer sur une
estrade qui lui avoit été préparée; elle étoit
entourée des officiers de sa suite; pendant la
célébration des Saints Mystères, la piété du fils
de St. Louis redoubla le recueillement et la
vénération des fidèles, et à la fin le verset
Domine salvum fac Regem, pendant lequel,
S. A. R. mêlait sa voix à des milliers de voix,
fut chanté avec un nouveau degré de ferveur
et d'amour. En sortant de l'Eglise, S. A. R.
s'apercut qu'un homme pressé par la foule,
étoit tombé; elle daigna courir à lui, le releva
avec bonté, et lui adressa des paroles de conso-
lation, qui émurent les nombreux assistans jusqu'aux larmes. Tous s'écrièrent : W le Roi !
W Monseigneur le Duc d'Angoulême ! voilà
nos véritables pères. Ils sont sensibles ! bon
Dieu, conservez leurs jours précieux!.. ô France!
que n'as-tu été toute entière témoin de cette
scène attendrissante; combien tu devrois t'enor-
gueillir d'avoir donné le jour à un Prince qui
réunit à la piété de St. Louis, la vaillance
d'Henri IV et la sensibilité d'un bon père; ô
vous tous vils détracteurs de cette race illustre!

,venez, voyez et frémissez d'avoir pu si long-
temps méconnoître dans ce Prince auguste le
plus beau don que le ciel ait fait à la France.

Après la Messe, S. A. R. reçut toutes les autorités civiles et militaires. Le conseil général
du Département ayant été introduit, Monsieur
de Grasset, portant la parole, lui dit :

MONSEIGNEUR,

« Le conseil général du Département, glorieux
» d'être l'organe d'un peuple aussi dévoué et
» aussi fidèle que celui de l'Hérault, vient expri-
» mer à V. A. R. l'hommage de son amour, de
» son respect et de son admiration pour le Héros
» du Midi; il n'est pas moins empressé, Mon-
» seigneur, d'y joindre celui de sa vive et pro-
» fonde reconnoissance pour le précieux intérêt
» dont V. A. R. a daigné honorer le Départe-
» ment, et que les Princes de l'auguste maison des
» Bourbons prodiguent avec tant de bonté à tous
» les Français; puissent aussi, Monseigneur, tous
» les Français sentir le prix de cette inéfable bonté
» et s'en rendre dignes par l'amour le plus ardent,
» le respect le plus profond et le plus entier
» dévouement; que le conseil supplie le meilleur
» des Princes, de présenter au meilleur des
» Rois, au nom des habitans de l'Hérault. »

S. A. R. répondit qu'elle agréoit les sentimens
qui lui étoient exprimés au nom d'un Département dont la fidélité avoit été éprouvée.

Monsieur le comte de Murles, Maréchal de camp, Inspecteur général des gardes nationales du Département, à la tête de son État-major, se présenta devant S. A. R. et lui parla en ces termes :

MONSEIGNEUR,

« Ce Prince modèle des chevaliers Français,
» qui a donné le jour à V. A. R. et lui a trans-
» mis ses nobles et brillantes qualités, a pu
» retenir l'expression de l'admiration publique
» quand le premier corps de l'état, organe de
» tout le royaume, a voulu la manifester pour
» les qualités héroïques et adorables d'un fils,
» l'honneur et l'orgueil de la Patrie. Ses paroles
» mémorables, empreintes de grandeur et de
» modestie, sont devenues, comme vos actions
» dont elles sont l'image, l'entretien de la France
» entiere. »

« Mais, Mgr., ce Prince, notre auguste chef,
» ne peut imposer la même retenue à ceux qui
» les ont connues, ses actions magnanimes, non
» seulement comme les Pairs de France par de
» récits fidèles et dignes de l'Histoire, mais encore
» comme témoins de votre gloire et de vos
» bienfaits : si l'amour et le respect des peuples
» ont suivi par-tout V. A. R., ces sentimens ne
» pouvoient être que des transports d'enthou-
» siasme dans tout le midi qui contemple en vous
» son Héros. Sans la perfidie vous en auriez été

» le sauveur par votre courage; vous en avez été
» le libérateur par vos vertus ; des bords du
» Rhône à ceux de la Gironde, tout est rempli
» de ces glorieux souvenirs. »

« Seroit-il interdit à nos gardes nationales qui
» se sont ébranlées pour suivre les drapeaux du
» nouvel Henri IV, d'exprimer des sentimens
» qui pénètrent toutes les âmes à la vue d'un
» Prince adoré ? nous lui demandons de les
» accueillir avec bonté, et d'en être l'inter-
» prête dans ses confidences Royales, auprès
» de son auguste père, auprès du monarque
» chéri qui réunit les vertus de nos meilleurs
» Rois, auprès de cette Princesse, modèle
» d'héroïsme, et sous tant de rapports tou-
» chans si chère aux Français. Famille sacrée
» des Bourbons, que St. Louis, du haut des
» cieux a ramené plusieurs fois vers ce trône
» aujourd'hui inébranlable, et qui doit être
» éternel pour elle, recevez nos sermens de
» vivre et de mourir pour le servir et le dé-
» fendre à jamais. »

. S. A. R. accueillit avec bonté l'hommage
des gardes nationales, et adressa des paroles
pleines de bienveillance à celui qui étoit leur
organe.

Le Tribunal de première instance étant
indroduit, Monsieur Chauvet, président, s'ex-
prima ainsi :

Monseigneur,

« Le Tribunal civil de Montpellier a l'hon-
» neur de se présenter à V. A. R., pour lui
» offrir l'hommage de son profond respect,
» de son amour et de sa reconnoissance. »

« Qui n'en seroit pénétré, Monseigneur, en
» pensant à la protection spéciale qui a garanti
» nos Départemens, aux bienfaits que V. A. R.
» y a répandus, au courage héroïque et aux
» vertus dont elle y a donné de si beaux exem-
» ples. Tous les bons Français, et particulière-
» ment les habitans du Midi qui en ont été les
» témoins, en conserveront un éternel souvenir;
» ils ont partagé les peines du meilleur des Rois,
» de V. A. R. et de son auguste famille; ils
» ont fait des vœux pour qu'elles eussent un
» terme, et ses vœux ont été exaucés. »

« Quelle joie, Mgr., et quelle différence de ces
» jours de justice et de sécurité, à ces jours
» de crime et d'alarme, où, députés vers V.
» A. R., nous fûmes lui porter à Nismes l'assu-
» rance d'une fidélité qui ne s'est point démen-
» tie, et que l'aspect du tyran n'a pu ébranler.
» Oui, Mgr., c'est dans cette fidélité ferme et
» pure, dans l'accomplissement de ce devoir
» sacré, c'est dans un dévouement exclusif à nos
» souverains légitimes, que nous avons mis et
» que nous mettrons toute notre gloire; c'est pour
» eux seuls que nous voulons vivre et mourir.

S. A. R. daigna accueilir avec bonté Monsieur le président et Monsieur le procureur du Roi. La conduite honorable de ces deux magistrats à l'époque désastreuse de la dernière usurpation étoit particulièrement connue de S. A. R., le Prince savoit qu'ils étoient restés fidèles à leur serment *de ne rendre la justice qu'au nom de Dieu et des Bourbons.*

La cour Royale fut aussi présentée. S. A. R. accueillit fort bien Monsieur de Forton, son premier président. Nous regrettons de ne pouvoir donner ici le discour que lui adressa ce respectable magistrat et auquel S. A. R. répondit. Il n'a pas été recueilli.

Le tribunal de commerce admis auprès de S. A. R. Monsieur Jean Raspay, vice président, portant la parole, a dit:

MONSEIGNEUR,

« Les membres du tribunal de commerce de » cette ville s'empressent, dans les transports de » la joie la plus pure, de venir présenter à » V. A. R. leurs respectueux hommages. »

« Qu'il est doux pour nous de posséder dans » notre sein ce vrai descendant de Henri IV, » qui naguère bravant à notre tête tous les dan- » gers, n'a pas craint d'exposer même ses jours » pour soustraire la France, à l'abyme des maux » où elle alloit être replongée. »

« Aussi, qu'il nous soit permis de nous

» réjouir de le revoir ici, ce digne membre
» de l'illustre famille des Bourbons, dont le
» nom seul réveille de si précieux souvenirs ».

« De recevoir ce petit-Fils de St.-Louis,
» en qui la France admire aujourd'hui le noble
» courage et l'assemblage de toutes les vertus;
» ce Prince!.... mais je m'arrête; sa réputa-
» tion est au-dessus de toute louange, et mes
» paroles ne pourroient qu'affoiblir l'éloge natu-
» rel qui s'élève du fond des cœurs, et qui, sans
» préparation comme sans intérêt, sort libre-
» ment de la bouche de la renommée ».

« Daignez, Monseigneur, déposer aux pieds
» du trône, notre amour, notre fidélité et
« notre dévouement sans bornes pour le meil-
» leur de tous les Rois et son auguste famille ».

« Puisse la France, sous son règne vertueux
» et éclairé, jouir de la paix si nécessaire
» pour réparer vingt-cinq ans de pertes et de
» malheurs! »

« Puisse le commerce, qui fait refleurir les
» arts et prospérer l'agriculture, reprendre son
« antique splendeur! »

« Puisse, enfin, le ciel prolonger les jours
» d'un Roi qui n'est heureux que par le bonheur
» de son peuple! »

S. A. R a répondu : Je suis très-sensible à
tout ce que vous voulez bien me dire d'honnête
et de flatteur; je suis également pénétré des
sentimens d'amour et de fidélité que vous mani-

festez pour le Roi et la famille Royale; soyez
persuadés que le Roi prendra toujours en grande
considération tout ce qui pourra contribuer à
la prospérité du commerce. Après quoi S. A. R.
adressa plusieurs questions à Monsieur Raspay,
sur les principales branches de commerce de
Montpellier, sur son activité et ses succès. Le
Prince parut satisfait des réponses de Monsieur
Raspay.

M. Rouaud, Maire de la Ville de Lodève,
à la tête de plusieurs membres du conseil
Municipal, s'étant présenté à S. A. R., lui a
dit :

« MONSEIGNEUR,

« La France, privée de son Roi légitime,
» fut, pendant vingt-cinq ans, couverte d'un
» crêpe funèbre et ensanglanté; le ciel enfin,
» propice à nos vœux, nous avoit ramené
» cette auguste famille qui fit pendant huit
» siècles le bonheur et la gloire des Français;
» nous n'avons pas, sans doute, assez appré-
» cié cette insigne faveur, puisqu'il a permis
» que le dévastateur, le fléau de l'Europe,
» soit encore venu parmi nous porter la déso-
» lation et la mort. En vain des sujets fidèles
» se rangèrent sous les drapeaux de V. A. R.
» La perfidie armée comprima votre sublime
» élan, et vous fûtes forcé de vous éloigner;
» nos espérances vous ont suivi dans votre

» retraite; elles se sont réalisées; vous nous
» êtes rendu pour ne plus vous perdre ».

« Qu'il m'est doux , Monseigneur , d'être
» l'organe de ceux de mes concitoyens qui ,
» comme moi , savent que la religion nous
» commande soumission et fidélité à nos Rois
» légitimes. Pénétrés de ce devoir sacré , nous
» l'avons rempli, sans interruption , dans tous
» les orages politiques, et nous ne cesserons
» jamais de servir de tous nos moyens une
» si belle cause ».

S. A. R. a daigné accueillir l'hommage des
habitans de la ville de Lodève.

Le tribunal civil de l'arrondissement de
Lodève admis au près de S. A. R., M. Prunier,
son président, c'est exprimé en ces termes :

« MONSEIGNEUR ,

« A la suite des mémorables et immortels
» événemens qui viennent pour la seconde fois
» briser nos fers, instruire les peuples.... et
» nous rendre nos Bourbons chéris.... Au milieu
» des acclamations de bonheur et de joie qu'ex-
» cite votre auguste présence, les membres
» *restés fidèles* du tribunal civil de Lodève ,
» sont venus porter aux pieds de V. A. R. les
» vives expressions de leur amour, de leur
» dévouement et de leur fidélité sans tache ».

« Ces sentimens , long-temps comprimés ,

» remontèrent l'année dernière avec impé-
» tuosité vers leurs souverains légitimes, comme
» à leurs principes; et le dernier attentat du
» tyran assassin, n'a pu ni les comprimer de
» nouveau, ni leur imposer silence; et le ta-
» bleau de notre conduite, que j'ai lhonneur
» d'offrir à V. A. R., attestera à jamais, que
» c'est dans son adversité, et au milieu des
» dangers, bien plutôt que pendant son
» heureuse puissance, que nous avons donné
» à notre Roi légitime des preuves publiques
» d'une fidélité courageuse et pure, et exempte
» de tout soupçon d'intérêt, d'adulation et de
» flatterie (1) ».

« Nous voilà, enfin, grand Prince, recom-
» pensés par votre glorieux retour parmi nous;

---

(1) M. Prunier, président; Gerand et Martin, juges
supléans; Forment, juge, procureur du Roi par intérim;
et M. Salles de Costebelle, juge d'instruction, sont les
seuls membres du tribunal, qui ont donné dans la ville
de Lodève (dont on connoit l'opinion générale) l'exemple
du plus grand dévouement à la cause des Bourbons, en
refusant de prêter serment à Napoléon Buonaparte; en
refusant de se décorer de la cocarde tricolore, résistant
à la force armée postée aux portes du Palais de Justice
pour les empêcher d'entrer dans la salle de ses audiences,
et les forçant, à l'exemple du premier président Duranti,
de se retirer par l'effet de leur seule présence, digne et
rare dévouement des magistrats intègres qui doivent être
les soutiens de la justice et des bonnes mœurs.

» c'est ainsi que notre bon Roi Louis le
» Désiré, se multipliant comme les astres
» bienfaisans, dissémine son cœur paternel,
» et distribue, par les princes de sa famille,
» le bonheur à tous ses sujets.

« Mais vous, ô Prince adoré, notre espoir
» et notre orgueil.... Vous qui, d'une main
» ferme et courageuse, plaçâtes le premier
» l'oriflamme Royale sur les places de l'Occi-
» dent... Vous, le héros et le consolateur du
» Midi, qui, par une prédilection digne de
» votre cœur, avez choisi les plaines fidèles
» de l'olivier, présage heureux d'un pacifique
» et durable triomphe.... Vous, dont la com-
» pagne fidèle, unique et dernier rayon échappé
» du trône du *Roi Martyr*, a brillé comme un
» ange libérateur au milieu des guerriers fidèles.
» Ce n'est pas assez, non, ce n'est pas assez
» de tous ces prodiges à l'ardeur de nos vœux;
» puissions-nous voir encore se réaliser bientôt
» le doux et consolant espoir d'un illustre
» rejetton qui vienne réjouir nos cœurs, assurer
» notre bonheur et consolider à jamais celui
» de nos neveux ».

S. A. R. après avoir écouté avec beaucoup d'intérêt et de bienveillance, a répondu
en ces termes : Messieurs, je suis très-satisfait
de votre conduite, je vous en remercie ; vous
avez bien mérité.

L'ordre des Avocats fut aussi présenté par

M. Rech, Bâtonnier, qui parla en ses termes:

MONSIGNEUR,

« L'ordre des Avocats se glorifie d'une fidé-
» lité à toute épreuve: il s'estime heureux d'être
» admis à déposer aux pieds de V. A. R.
» l'hommage de ses sentimens de respect et
» d'amour pour votre auguste personne. Plu-
» sieurs d'entre nous ont déjà joui du bonheur de
» contempler V. A. R. sous le costume des
» gardes Nationaux; ils s'empressent de se pré-
» senter encore sous celui de leur profession,
» pour renouveler en vos mains le serment de
» ne jamais professer d'autres principes que ceux
» de l'autorité légitime du meilleur des Rois ».

S. A. R. parut satisfaite de cette présentation,
et répondit au Bâtonnier: *sous tous les costumes*
ils sont bons à revoir.

Les avoués près le tribunal de première instance ayant été admis anprès de S. A. R., M.
Donnat, président de la chambre, lui dit:

MONSEIGNEUR,

« C'est à la dernière apparition en France
» de l'usurpateur du trône de vos ancêtres,
» que, pour l'atteindre et le vaincre, vous
» trouvant à une extrémité du Midi, vous
» avez comme l'éclair, passé à l'autre extré-
» mité; c'est dans cette course rapide qu'on
» vous vit pour la première fois, dans nos

» contrées, et que le digne descendant de Henri
» IV y reçut en personne les sentimens d'amour
» et de dévouement des plus fidèles sujets du
» Roi; c'est dans ces contrées que des habi-
» tans, avec des cœurs enflammés pour la plus
» sainte des causes, au premier signal donné,
» furent formés en cohortes, qui, conduites
» par vous au combat, sans la plus basse et
» la plus noire des trahisons, n'auroient pas,
» entre l'aigle et le lys, laissé pour celui-ci
» la victoire douteuse; mais cette trahison qui
» vous donna des revers, vous montre plus
» grand que jamais, quand on sait ce qu'auroit
» fait en pareille occurrence, le tyran; et quand
» on sait ce que vous fîtes, il auroit lâche-
» ment abandonné ses soldats, vous vous sacri-
» fiâtes pour les vôtres. Brisons sur tous les
» événemens malheureux qui ont suivi, et
» voyons que les successeurs légitimes de la
» royauté, changeant d'étoile, ont sur la mer
» la plus orageuse, resaisi le vaisseau de l'état;
» ils en sont les premiers pilotes, avec soin
» ils nous ont donné les seconds. Que ne
» devrons-nous pas attendre de leur sollicitude
» pour achever le complément du cadre, qui,
» bien fini, saura prévenir tous les écueils,
» et nous fera à toutes voiles, arriver à
» bon port. C'est alors que nous délassant
» sur la rive, le corps épuré des avoués du
» tribunal de première instance, réuni à tous

» les bons français, s'écriera avec eux: la France
» est sauvée ! et nous chanterons ensemble
» comme aujourd'hui , vivent les Bourbons! »

S. A. R. daigna accueillir l'hommage des
Avoués du tribunal de première instance, et
leur demanda quel étoit leur nombre. Le président répondit que, le corps épuré, ils étoient
seize. Le Prince, en souriant, lui dit: *c'est un
nombre heureux.*

Messieurs les juges de paix des trois sec-
tions de la Ville de Montpellier, les avoués
près la Cour Royale, les membres du Clergé,
le consistoire de l'Eglise réformée, les administrateurs des hospices, les membres de l'a-
cadémie de Montpellier, composée du conseil
académique, des facultés de médecine, des
sciences et des lettres; l'administration des domai-
nes, et l'inspecteur, directeur et contrôleur du
bureau des postes de Montpellier, ont eu l'honneur d'être admis à l'audience de S. A. R.
Nous regrettons de n'avoir pu nous procurer les
harangues que les chefs de ces divers corps ont
dû adresser à notre auguste Prince, ainsi que
les réponses qu'il y fit, elles auroient été un
ornement de plus à notre petit recueil.

S. A. R. reçut une députation des fils des
gardes Nationaux de Montpellier, âgés de dix
à douze ans; Monsieur Adolphe Granier fils,
l'un d'eux, âgé de onze ans, portant la parole,
s'est exprimé en ses termes.

« Prince Magnanime,

« Au milieu des touchantes acclamations
» qu'excite votre présence, daignez agréer
» l'hommage naïf des enfans des gardes natio-
» naux de Montpellier. Votre auguste père les
» accueillit avec bonté ; je suis doublement heu-
» reux d'être pour la seconde fois leur organe.
» Ici nous vous appartenons tous, et vous nous
» appartenez aussi, par les liens indestructibles
» du dévouement et de l'admiration, de la re-
» connoissance et de l'amour. Nos concitoyens,
» nos pères, nos frères, ont marché sur vos
» glorieuses traces. Jusques dans le malheur, les
» plus nobles sentimens, les plus héroïques
» vertus ont triomphé de l'audace impie, de
» l'ambition parjure, de l'infâme trahison : ici,
» la fidélité a été sans bornes, comme votre
» amour pour nous. Le bronze même que des
» traitres, encore impunis, dirigeoient contre
» nos paisibles demeures, le fer des rebelles
» qui mutiloit ou frappoit de mort les enfans,
» les femmes, les vieillards sans défense, rien
» n'a pu nous arracher un seul cri qui ne fût
» pas pour nos Rois. Votre auguste famille, qui
» depuis tant de siècles est le salut de la France,
» a vu dans ces derniers temps, multiplier les
» épreuves auxquelles la véritable vertu résiste
» seule. Elle en est sortie triomphante. Les fac-

» tions vaincues rugissent. Si jamais elles pou-
» voient tenter de nouveaux efforts, paroissez,
» Prince, dans nos contrées; avec vous le Midi
» sera invincible! et nous, foibles enfans, lors
» même que nos bras céderoient encore sous
» le poids des armes, entraînés par nos cœurs,
» nous vous suivrions, résolus de vaincre ou
» de mourir à vos côtés. »

S. A. R., émue de ce discours, a daigné
embrasser le jeune orateur, qui, fondant en
larmes, n'a pu trouver d'autre expression pour
rendre combien il étoit touché de la bonté
du Prince.

S. A. R. daigna aussi accueillir, de la manière
la plus flatteuse, une députation des élèves en
médecine, composant la compagnie franche des
Volontaires Royaux de la faculté de médecine
de Montpellier. Elle s'est plue à s'entretenir
avec les députés de cette compagnie, et avec
son digne capitaine Monsieur le chevalier de
Saint-Aunés Saint-Maurice, de l'ordre Royal
et Militaire de St.-Louis et de la légion d'honneur, à qui elle a témoigné sa joie de se retrouver
au milieu d'une brave jeunesse dont la fidélité
et le dévouement ont été sans bornes. On remar-
quoit, dans cette députation, un élève qui,
blessé au combat de l'Isère, avoit reçu du Prince
la croix de la légion-d'honneur. Monsieur le
capitaine a remis à S. A. R. une adresse au
Roi, par laquelle sa compagnie demande la

même récompense que Sa Majesté a bien voulu accorder aux élèves volontaires de la faculté de droit de Paris. Le Prince a gracieusement promis d'appuyer auprès du Roi cette demande ; je voudrois, Messieurs, a dit S. A. R. à la députation, prolonger davantage le plaisir que j'ai d'être avec vous. Croyez que je ne vous oublierai jamais.

A une heure, S. A. R. sortit à cheval de son palais, et alla au champ-de-Mars passer la revue de la garde nationale à pied et à cheval, du Régiment des Chasseurs d'Angoulême et de la garde nationale de Lunel qui, au nombre d'environ trois cents hommes, c'etoit rendue à cet effet dans notre ville. Toutes les compagnies en défilant devant S. A. R., la saluèrent du cri unanime de W le Roi ! W les Bourbons ! cri que répétoit un peuple immense accouru sur l'esplanade pour jouir de la présence du Prince. Un ploton de jeunes gens qui avoient suivi S. A. R. jusqu'aux bords de la Drôme, eut aussi l'honneur de défiler devant elle. Le Prince daigna s'informer d'eux et les salua (comme elle l'avoit fait à chaque drapeau des diverses légions) en tenant le chapeau à la main tant qu'ils furent en sa présence. S. A. R. parut contente de l'instruction, et de la bonne tenue de ces troupes, elle leur fit témoigner sa satisfaction par l'organe de Monsieur le lieutenant général commandant la division, et les remercia de nouveau des services qu'elles avoient rendus et de ceux qu'elles ne cessoient de rendre.

Après la revue, le Prince visita la citadelle, d'où les derniers efforts des satellites de l'usurpateur, lançoient la mort, il y a quelques mois, sur une population dévouée à ses Rois légitimes. Il s'informa dans le plus grand détail de cette déplorable journée digne d'occuper une page dans l'histoire sanguinaire de la dernière conspiration. S. A. R. toujours prodigue de secours ou de bienfaits, a chargé Monsieur Paul, Prefet par intérim, de lui remettre un état de toutes les personnes qui ont été victimes des funestes journées des 27 Juin et 2 Juillet dernier; et un autre état des militaires qui ont été blessés, en servant sous ses ordres, dans les affaires glorieuses dont le Département de la Dróme fut le théâtre (1).

S. A. R. alla ensuite visiter l'hospice St. Eloi

_____

(1) Nous nous sommes empressés de recueillir toutes les paroles de S. A. R. En visitant la Citadelle, le Prince rencontra sur les ramparts, un jeune homme malade, portant l'uniforme des chasseurs d'Angoulême. S. A. R. arrêta son cheval devant lui, et lui demanda dans quel corps il servoit. Le jeune homme lui répondit, mon Prince, dans vos chasseurs.—Tu est bien jeune. — Prince j'étois sur les bords de l'Isère avec vous. — D'où est tu? — Prince, de Montpellier. — Cette ville ne produit que de braves gens; et se retournant vers un de ses aides de camp: qu'on prenne le nom de ce brave jeune homme, j'en aurai soin. Ce brave jeune homme s'appelle......,

et l'hôpital général. Elle voulut connoître les détails du service, goûter les alimens des malades et répandre encore des consolations. Les paroles bienveillantes du Prince, furent la digne récompense du zèle des administrateurs et du dévouement des respectables filles de St. Vincent de Paule qui conservent ces établissemens. S. A. R. frémit lorsqu'on lui dit que, dans la journée du deux Juillet, un obus étoit tombé sur cette maison respectable. Rien n'étoit donc sacré pour eux, ajouta le Prince, en se retournant vers le général Briche.

Vers quatre heures, S. A. R. après avoir parcouru la place du Peyrou, rentra dans son palais; par-tout elle avoit été accompagnée des fonctionnaires publics civils et militaires. Toutes les rues qu'elle avoit traversées, couvertes de tentures blanches et de festons, avoient offert de toute part à ses yeux, les emblémes si chers aux cœurs Français. Toujours un peuple immense avoit fait retentir les airs de ses cris de joie et d'amour, et même après que le Prince avoit passé, il s'écrioit encore W le Roi ! W les Bourbons ! W le sauveur du Midi, S. A. R. reçut les personnes qui lui furent présentées, et qui avoient quelques placets à lui remettre. Riches ou pauvres, tous furent admis et le Prince reçut avec la même affabilité toutes les requêtes qui lui furent offertes.

Le dîner fut servi à six heures. Messieurs le

Baron de Briche, lieutenant général; le Maréchal de camp de Lagarde; le lieutenant général de Chabot; le Maréchal de camp Pelletier; Mgr. l'Évêque; le Marquis Dax-Daxat, maire; de Bougette fils, secretaire général de Préfecture; Polier, conseiller de Préfecture; d'Auriol, chef d'état major; de Vissec de St. Martin, commandant la garde Nationale à cheval; Perrot, commissaire ordonnateur; de Tessan, sous Préfet de Lodève; Coustou, Vicaire général; et M.... ont eu l'honneur d'être admis à la table du Prince; on servit des fruits d'un Bananier cultivé au jardin du Roi et qui portoit des fruits pour la première année. Le Prince en parut très satisfait; les dames furent admises à circuler autour de la table. Après le diner il y eut cercle dans les appartemens du palais; S. A. R. adressa à chacune des dames des paroles pleines de grâce et de charmes.

On avoit annoncé pour le spectacle, Richard cœur de Lion et les Prétendus. Un peuple immense s'y étoit rendu dans l'espérance d'y voir leur Prince chéri; mais les fatigues de la journée l'en empêchèrent: la soirée fut également terminée par une illumination générale.

Jeudi, neuf, S. A. R. après avoir entendu la messe, partit pour aller visiter le port de Cette, devenu plus intéressant aux yeux de tout bon Français, par la sûreté qu'il a offert à ce Prince auguste dans ces temps d'infortunes, qui ont pour jamais fui de notre belle France, qui va désormais respirer sous l'ombrage des lys.

Les acclamations du peuple qui s'annonçoient déjà sur la route, se sont prolongées jusqu'à son arrivée au pont de la Peyrade où S. A. R. est dessendue de voiture pour faire son entrée à cheval, suivie de Messieurs les gentilshommes de sa maison, du lieutenant général Baron de Briche, du Prefét, du sous-Préfet, de Monsieur le Maire de Cette, et autres fonctionnaires publics. Escortée d'une garde d'honneur à cheval, de la garde Nationale et d'un détachement des braves Douaniers; elle est parvenue au milieu des cris répétés de W le Roi! W Monseigneur le Duc d'Angoulême! jusques chez Monsieur Ratyé, Maire, dont le dévouement lui avoit mérité l'honneur de la recevoir chez lui (1). Après un instant de repos, S. A. R. a ac-

_____

(1) Il est nécessaire que je publie ici un fait peu connu. On sait qu'après la capitulation de S. A. R. Monseigneur le Duc d'Angoulême, ce Prince fut destiné à être embarqué à Cette; mais plusieurs personnes ignorent que des ordres secrets avoient été donnés pour le faire périr. M. Ratyé, Maire, en a connoissance, il en frémit et se dévoue; l'ordre portoit de ne faire embarquer le Prince qu'à telle heure, M. Ratyé par une activité qui tient du prodige, parvient à pourvoir le vaisseau de tout ce qui pouvoit être nécessaire à S. A. R. et à la faire partir une heure plutôt que l'ordre ne portoit. Par ce moyen le Prince échappa à une mort certaine; aussi lorsque M. le Maire de Cette fut se présenter à S. A. R. alors à

cepté un déjeuner servi avec élégance et profu-
sion. On a présenté sur la table un petit bâtiment
en verre avec tous ses agrés, ouvrage d'un jeune
Cettois, S. A. R. en a été charmée; elle en a exa-
miné avec soin jusqu'au plus petit détail et a
adressé à l'artiste des paroles de satisfaction et
d'encouragement. MM. de Briche, de Paul,
Gautier de Hauteserve, Ratyé, le Directeur des
Douanes Royales, et autres fonctionnaires ont
eu l'honneur d'être admis à la table du Prince.

Après le repas S. A. R. a reçu toutes les autorités, elle a pris avec bonté les nombreuses
requêtes qui lui ont été présentées.

Au bruit des salves d'artillerie qui se faisoient
entendre de toutes parts, les premiers pas du
Prince se sont portés sur le môle où il a passé
en revue une garde Nationale nombreuse et
brillante, à laquelle étoit joint la compagnie
des volontaires Royaux de Marseillan, et la
Douane; après cette revue S. A. R. est entrée
dans le fort St. Louis, qu'elle a parcouru avec le
plus grand soin sous le feu continuel du canon.
A son retour vers la cité elle a été saluée par
les briks et autres navires du port qui faisoient
feu de toutes parts.

Toulouse, ah! venez, lui dit-elle, vous êtes le dernier
Français que j'ai embrassé en quitant ma patrie, soyez à
mon retour le premier que je presse dans mes bras. Votre
dévouement ne sauroit être trop récompensé, je vous
donne mon amitié et l'embrassa.

S. A. R. a également voulu prendre connoissance du fort St. Pierre où elle est montée, en
gravissant avec une extrême vitesse la monta-
gne sur laquelle il est situé. Malgré les rochers
et les sables qui en défendent l'approche, pendant sa marche, M. le lieutenant général Baron
de Briche dit à son altesse : Prince, cette route
est un peu pénible , il faut vous figurer que
vous montez à l'assaut ; et le Prince, avec son
aménité ordinaire, lui répondit : en ce cas général,
je dois attendre que vous ayez enlevé la redoute.
Arrivé au fort son altesse en a fait l'inspection
avec un intérêt relatif à son importance : les
acclamations du peuple ont accompagné à
son retour jusqu'au quai, où elle s'est embar-
quée avec les premiers fonctionnaires qui
avoient eu l'honneur de l'accompagner, sur une
gondole richement décorée, conduite par douze
capitaines de navire Cettois, et précisément à
la même place où les flots avoient pu le dérober
à la fureur de ses ennemis le 16 Avril dernier,
époque malheureusement trop fameuse; elle a
aussi débarqué sur le même point, qui , par les
soins de M. Ratyé, Maire, est deveuu désormais
remarqnable par une fleur de lys et deux ancres
en sautoir gravés sur le couronnement du
quai, et par une inscription sur marbre, destinée
à en porter la mémoire jusqu'à la postérité
la plus réculée.

Les Cettois ont, dans cette occasion, donné

la preuve complette de leur fidélité au Roi,
en présentant au Prince le même drapeau et
le même canot, qui dans pareille circonstance
le 27 Juin 1777 avoit servi à S. A. R. Monsieur
aujourd'hui Louis XVIII. Le canot du Prince
étoit entouré d'autres canots où étoient MM.
les officiers du port et suivi d'une foule d'em-
barcations particulières. Après avoir parcouru
et observé le port avec l'intérêt d'un grand
Amiral de France, S. A. R. s'est ensuite rendue
chez M. le Maire et y a signé le plan de sonde
du port qui avoit été vérifié en sa présence par
l'ingénieur en chef du département.

A quatre heures de l'après midi, le Prince,
de retour à Montpellier, reçut dans la cour de
son palais les volontaires Royaux qui l'avoient
suivi à so armée du St. Esprit et qui avoient
tous obtenu la faveur de leur être présentés.
Une foule d'hommes de tous les grades, de
tous les âges, de tous les états, mais qui
n'avoient qu'un même sentiment, se trouvoient
auprès de leur héros. La bonté avec laquelle
il les approche, il leur parle, les exalte et les
entraine; ils ne peuvent plus observer ni rang,
ni ordre; ils se pressent autour de ce bon
Prince à qui ils inspirent et qui leur témoigne
le plus vif intérêt; M. Dufour, avocat, l'un
d'eux, prenant spontanément la parole, ex-
prime à S. A. R., les sentimens de tous ses

camarades , avec une chaleur et un abandon qui font bien connoître la vivacité de ceux qui l'animent.

. En voyant ces braves entourer ainsi ce Prince chéri, on a remarqué, avec douleur , qu'il y manquoit un de leurs chefs, le Vicomte d'Aymex de Noyant, chevalier de Malthe. Ce loyal chevalier, qui comme ses ancêtres avoit consacré toute sa vie au service de son Roi, qui dès Mittau en avoit été breveté de Capitaine, qui avoit été en butte aux persécutions des révolutionnaires pour des services déjà rendus à la Monarchie à de dangereuses époques : ce nouveau preux avoit volé sur les pas {du Prince , à la tête de la première compagnie des citoyens qui l'avoient adopté. L'amour d'une épouse et d'un fils dont il étoit le seul appui, ne peut balancer l'amour de son Roi. Il a péri au champ d'honneur; frappé d'un coup de feu à côté de son Prince, au combat de l'Isère. Sa mort fut héroïque , le Marquis de Montcalm recueillit ses dernières paroles. « Je n'éprouve d'autre regret que » celui de ne pouvoir plus être utile à mon Roi ; » j'ai du moins, toujours servi fidélement sa » cause ». Sur les lieux où il avoit combatu et cherché une mort glorieuse , à Avignon, le Prince avoit daigné rappeler publiquement et avec sensibilité , les circonstances de sa loyale conduite et de la fin valeureuse qu'il trouva près de lui : le Prince a vu ici ses camarades

Qui se font gloire de garder ses souvenirs et d'hériter de sa valeur et de sa fidélité.

A six heures le diner a été servi. MM. le Baron de Briche ; le Maréchal de camp de Lagarde ; le Marquis Dax-Daxat, Maire ; de Bougette, sécretaire général de préfecture; le Colonel Chevalier de Lafitte; de Massillan , major de vaisseau ; Flandio de Lacombe , major ; le chevalier de Massanes; le Commandeur de Villevieille; de Paul, doyen du conseil de Préfecture ; Renouvier, conseiller de Préfecture ; de Grasset, président du conseil général du Département; Juin de Siran, membre du conseil général ; Ratyé, Maire de Sette, et le Maréchal de Camp Marquis de Courtemanche, ont eu l'honneur d'être admis à la table du Prince : les dames et beaucoup d'autres personnes ont été admises comme la veille à circuler tout autour.

Après son diner S. A. R. s'est rendue au spectacle, où elle étoit attendue avec le plus grand empressement. On avoit annoncé l'opéra de Joconde où les Coureurs d'aventures et les deux Petits Savoyards que le Prince avoit demandé. Entre les deux pièces, M. Belfort chanta la cantate de M. Reynaud et le cri du midi. D'autres couplets ont été exécutés avec précision , et entendus avec ivresse. Des jeunes gens de la ville exécutèrent la danse des treilles et du ballet, la salle étoit pleine. C'est dans ce moment que le Prince a dû voir combien il étoit aimé et combien étoient unanimes les sentimens d'amour pour la race auguste des Bourbons. La soirée a également été terminée par une illumination générale,

Le départ de S. A. R. étoit annoncé pour le vendredi dix. Dès le point du jour toute la ville se mit en mouvement pour jouir encore de la présence du Prince. Vers les huit heures S. A. R. donna les ordres de son départ ; entendit la messe et reçut tous les fonctionnaires. Pendant ces derniers momens, le palais du Prince étoit devenu l'asile des malheureux qui avoient encore des requêtes à lui présenter, et qui furent toutes accueillies.

Au moment où S. A. R. montoit en voiture, M. Paul a offert à ce Prince le dernier hommage des administrés de l'Hérault, en ces mots :

« MONSEIGNEUR,

« Le sentiment de la reconnoissance suc-
» cède toujours à celui du bienfait ; nous
» bénirons à jamais les momens où nous avons
» pu jouir de votre présence.

S. A. R. a daigné répondre avec cette bienveillance paternelle, qui se répand par-tout comme la lumière. « Dites à vos administrés combien je suis satisfait du bon esprit qui les anime, et des hommages qu'ils se sont empressés à me rendre : dites-le leur bien à tous.» Après ses paroles remarquables, la voiture s'éloigna.

Le lendemain M. le Maire de Montpellier, a annoncé par la proclamation suivante, le départ de S. A. R.

Le Maire de la ville de Montpellier, chevalier de l'ordre Royal et militaire de St. Louis et de la légion d'honneur, à ses concitoyens.

HABITANS DE MONTPELLIER,

Il est parti ce Prince adoré, dont vous avez suivi tous les pas avec tant d'empressement: chacun de vous se plait à rappeler quelques-unes de ses paroles ou de ses actions, et cherche à se dédommager par ses souvenirs du bonheur qu'il vient de perdre. Ce Prince est satisfait de votre conduite et touché de vos témoignages unanimes d'amour. S. A. R. a daigné me charger expressement de vous en donner l'assurance : vos cœurs fidèles et français en sentiront tout le prix. Combien n'auroient-ils pas été émus, en entendant S. A. R. me recommander les malheureuses victimes de ces deux journées désastreuses, et ceux qui ont été blessés à Lapalud ? sa bienfaisance a déposé entre mes mains une somme de deux mille francs pour leur être distribuée : les malades qu'il a visités dans les hôpitaux, ont eu part aussi à ses bienfaits.

Habitans de Montpellier, ce qui doit augmenter encore notre reconnoissance envers notre héros, notre sauveur, c'est que S. A. R. daignera porter aux pieds du trône, l'hommage de notre amour, de notre fidélité envers le meilleur des Rois.

Montpellier, le 11 Novembre 1815.

Le Marquis, DAX-DAXAT.

Le souvenir agréable qu'a laissé dans nos cœurs, le séjour du Prince chéri qui a si majestueusement fait éclater pour le bonheur du midi, son courage, son humanité; nous imposoit l'obligation flatteuse de recueillir les traits de sa bonté; nous avons fait tous nos efforts pour être exact et ne rien omettre; s'il s'est glissé quelques erreurs, c'est que nous n'avons pu être par-tout et qu'il a fallu suivre les relations d'autrui, en choisissant toujours celles des personnes les plus dignes de foi. Nous serions coupables envers nos lecteurs que les circonstances ont privé du bonheur de participer à nos jouissances, si nous passions sous silence le retour de S. A. R. et son séjour à Nismes.

La rentrée de l'usurpateur en France, avoit ranimé l'espoir de tous les partis; Buonaparte avoit senti qu'il ne pouvoit régner dans le premier moment par les mêmes principes qui avoient précipité sa chûte; il s'associa les hommes que l'on pourroit appeler les républi-

cains de bonne foi, et ces furieux qui com-
posoient l'ancienne faction des jacobins; mais
les uns et les autres ne vouloient plus de lui et
étoient disposés à lui disputer le pouvoir; il
fut un moment où ils eussent triomphé, si nos
alliés ne fussent venus nous délivrer de cette
oligarchie naissante, en les dispersant les uns
et les autres et nous ramenant notre bon Roi
Louis XVIII, que nous avions surnommé le
désiré, et que nous appelons aujourd'hui à
plus juste titre, Louis le regretté.

Nismes a, de tout temps, vu des discordes
et des dissentions; il ne faut élever aucun
doute que la présence de quelque grand cou-
pable réfugié dans ces environs n'encourage,
l'espoir et l'opposition sourde des révolutionnaires. Que veulent-ils? au commencement
de la révolution les opinions se formèrent d'une
manière absolue suivant la différence des cultes
réligieux, et le sang des catholiques tous Royalistes coula en 1790. C'est qu'en cela on suivoit
le plan arrêté dans l'assemblée tenue à la Ro-
chelle en 1621, *d'établir une république sur
les ruines de la monarchie et diviser le royaume
en neuf cercles.* Voudroient-ils aujourd'hui le
renouveler ce plan sanguinaire? voudroient-ils
renouveler la conjuration d'Amboise et tenter
l'enlèvement ou l'empoisonnement du Roi et
de toute la Cour? ils se trompent, le regne
des erreurs est passé, celui de la philosophie

commence, non de cette philosophie turbulente, inquiète qui ne se plait que dans les troubles et le désordre, dont ils ont fait tant de parade; mais de cette douce philosophie amie de l'ordre et de la paix, qui prit naissance sous l'empire des lys et qui sous son nouvel ombrage va se lever plus brillante et plus belle.

Ces réflexions, qu'on me pardonnera sans doute, m'ont été inspirées par les dernières circonstances; dès le second jour de l'arrivée de S. A. R. dans notre ville, on a su que quelques jeunes gens des villages voisins qui avoient été à Nismes pour y voir le Prince, retournant à leur hameau, avoient été attaqués par les gens de Calvisson qui avoient tiré sur eux, en avoient tué plusieurs et blessé quelques autres; ce bruit n'acquit certitude que le dimanche 12 du courant, où nous apprimes en même temps un nouveau malheur. Pendant son séjour à Nismes S. A. R. espérant pouvoir concilier les esprits, et ramener le calme dans ces contrées, avoit permis aux membres de la réligion réformée de rouvrir leurs temples, que d'eux - mêmes ils laissoient fermé, c'étoit le premier Dimanche d'ouverture. On avoit bien pris toutes les mesures nécessaires pour éviter le trouble, les Royalistes étoient calmes et respectoient les ordres et les autorisations données; mais les réformés mirent du laurier à leur chapeau et se laissèrent aller à quelques provocations. En allant au temple ils se permirent d'insulter par des gestes indécens, des catholiques qui de leur côté se rendoient à l'église (1) et de ces riens naquit un événement terrible. Des femmes royalistes s'étoient, par suite de la provocation, agglomérées tout près du temple protestant. On fut en prévenir le maréchal de camp de Lagarde, qui se transporta sur le lieu de la scène; à peine y fut-il arrivé, qu'il ordonne à un homme nommé Boissin, presque le seul qui se trouva là, de se retirer; cet homme n'obéit pas : on dit que le général, pour le faire retirer, lui donne des coups de plat de sabre, et à l'instant ce brave et respectable militaire reçoit un coup de pistolet dans la poitrine : il a cependant le courage de rester à cheval et de retourner ainsi chez lui.

---

(1) Ils ont tellement l'habitude de tourner en dérision les exercices de la réligion catholique, que les personnes qui pendant les trois mois du regne de Napoléon, ont eu occasion d'aller à Nismes, se rappelleront avoir vu dans le réceptacle le plus outré des bonapartistes, dans le café de l'Ile d'Elbe, des peintures affreusement indécentes, un singe présentant la sainte hostie au Duc d'Angoulême, et autres dont je n'ose parler, parce que S. A. R. se trouvant à Nismes dans la semaine sainte avoit assisté aux offices avec la piété d'un vrai catholique et conformément aux anciens usages du Roi très-chrétien.

A l'instant, et comme par la stupeur que cause cet événement, tout se dissipe.

Les gens de bien sont faciles à s'alarmer; cette nouvelle terrifia les esprits; on crut y voir le commencement d'une révolte ouverte, parce qu'on ne connoit jamais l'exacte verité. Le régiment des chasseurs d'Angouléme avec d'autres troupes et du canon furent envoyés à Nismes; le général baron de Briche s'y transporta; des bruits plus ou moins faux circuloient; et se grossissoient même en passant de bouche en bouche; on apprend le Mercredi 19 au matin que S. A. R. est passée pour se rendre également à Nismes; alors les anxiétés redoublèrent, on craignit pour les jours de ce Prince chéri; comment, se disoit-on, a-t-on pu consentir à laisser ainsi aller le Prince; on ne se demandoit plus des nouvelles de la Capitale, tous les yeux étoient fixés vers Nismes; on se disoit qu'y a-t-il de nouveau? n'est-il rien arrivé au Prince? comment va le général? c'est ainsi que nous apprimes que sa blessure, qu'on avoit cru d'abord mortelle, donnoit de grandes espérances de guérison attendu que la balle n'avoit été engagée que dans les fausses côtes et que l'ordre étoit rétabli. M. le Préfet du Gard, dont on connoit le bon esprit, fit la proclation suivante.

PEUPLE NISMOIS,

Tous les Français, quelque culte qu'ils profes-

sent, sont les sujets et les enfans du Roi, père
de la patrie.

Les ordres du Roi sont de protéger les cultes
d'assurer la propriété, l'existence, la liberté des
consciences de tous les Français.

Nous les avons reçus ces ordres sacrés pour
tout bon Français, nous les avons exécutés, nous
les maintiendrons tous jusques au dernier souf-
fle de notre existence.

Un scélérat caché dans des groupes populaires
qui peut-être croyoient n'être que tumultueux,
et qui sont absolument rebelles au Roi, a tenté
d'assassiner le brave général à qui ce Département
doit tant d'estime, d'affection et de reconnoissance.

Le jugement seul de cet infâme assassin peut
désormais sauver le pays et absoudre le peuple.
Il n'a pas été saisi et arrêté dans ce moment
funeste, mais vous le connoissez vous qui l'entou-
riez au moment de son crime.

Je promets, au nom du Département, une
récompense de 3ooo francs à celui ou ceux, militaires ou habitans, qui me le feront connoitre ou
qui l'ameneront devant moi.

Nismes, le 12 Novembre 1815.

Le Marquis d'Arbaud Jouques

L'amour du Prince est tellement identifié avec
nous, que rien ne pouvoit calmer les inquiétudes
et les anxiétés des habitans; il leur falloit pour

être complettement rassurés revoir les traits chéris de son héros, de son sauveur, et ce bonheur
inapréciable et vivememt senti eut lieu le Lundi
27 entre sept et huit heures du matin, S. A. R.
descendit chez M. le lieutenant général Baron
de Briche, dont on connoit le etdévouement les
rares qualités. S. A. R. y reçut la visite des
principaux fonctionnaires, elle accepta un déjeu·
ner splendide et élégant. MM. le Duc de Guiche,
premier écuyer de son altesse ; Dieudonné de
Montcalm, colonel, aide de camp; le général
Baron de Briche; M.me la Baronne de Briche; M. le
Marquis Dax-Daxat, Maire; M.me la Marquise
Dax-Daxat; le premier président de Fourton; de
Paul ainé, conseiller de Préfecture ; le colonel
Lafitte, commandant la légion de l'Hérault; Perrot, commissaire ordonnateur; le Comte de Murles, inspecteur général des gardes Nationales; Mgr.
l'Évéque de Montpellier; Gauttier d'Hauteserves,
sous Préfet ; de Bougette, secrétaire général, ont
eu l'honneur de déjeuner avec son altesse. A onze
heures le Prince est monté en voiture et a repris
sa route pour Toulouse, emportant avec lui
les marques les plus sensibles de notre amour
et de notre dévouement.

Tous les pas de Monseigneur le duc d'Angouléme sont marqués par des actes de bienveillance : de ce nombre et parmi les nouveaux témoignages de satisfaction qu'il a donné
à la ville de Montpellier, on doit compter les

paroles qu'il a bien voulu adresser à M. le Comte de Vissec, chef d'escadron, commandant la garde à cheval. Cette garde, avertie du passage de Monseigneur, s'étoit portée avec exactitude et empressement devant l'hôtel de M. le Lieutenant Général Baron de Briche où S. A. R. avoit mis pied à terre, pour delà faire son escorte jusqu'à Fabregues. S. A. R. arrêtée à ce premier relais, ayant jeté sur cette troupe un regard flatteur, le Comte de Vissec, commandant, étant à la portière de sa voiture, lui dit: « Monseigneur, au premier » mot de V. A. R. cette troupe volera toujours sur ses pas; elle sera toujours prête » à verser jusqu'à la dernière goutte de son » sang pour le service du Roi; elle en a fait » le serment; je le renouvelle pour elle, et » je suis garant que cette troupe là ne le » faussera pas. » Mgr. daigna lui répondre; » j'en suis bien persuadé; j'en trouve l'assurance dans le zèle qui l'anime, son empressement auprès de moi, et dans le sentiment qu'elle partage avec tous les bons habitans de Montpellier ». Cette mémorable réponse d'un si grand Prince restera gravée dans le cœur de ceux qu'elle intéresse, elle sera pour eux un sujet d'encouragement et un titre d'honneur.

M. le Comte de Murles, Inspecteur général des gardes nationales, a fait également connoître, par un Ordre du jour, aux MM. de la

garde Urbaine combien le Prince étoit content
d'eux ; nous donnons ici en entier cet Ordre
du jour, persuadé que chaque père de famille
se fera un plaisir de la retrouver, afin de pouvoir dire avec orgueil à ses enfans en le leur
montrant ; et moi aussi je faisois partie de cette
troupe.

ORDRE DU JOUR

Le Maréchal de camp Comte de Murles, inspecteur général des gardes Nationales du Département de l'Hérault, chevalier de l'ordre Royal
et militaire de St. Louis et de la légion d'honneur,
prévient la garde Urbaine de Montpellier, que
S. A. R. Mgr. le Duc d'Angoulême l'a chargé
de lui témoigner sa satisfaction sur son excellent
esprit, sa bonne tenue, et son excatitude au
service. Cette bonté de la part du Prince, doit
être un nouveau motif pour la garde Urbaine,
de redoubler de zèle, et de justifier, par de
nouveaux efforts, les éloges que S. A. R. a bien
voulu lui donner.

Il espère que dans cette circonstance comme
dans toutes celles qui nécessiteront la manifes-
tation de ses bons principes, elle ne cessera
de se rendre digne des précieux témoignages
de bonté qu'il transmet et qui ont mérité de la
propre bouche du Prince, ces paroles flatteuses :
Puisque la garde Urbaine fait seule le service,
la police ne peut se trouver en de meilleures

mains, et ne doit pas être difficile; Montpellier
est une si bonne ville !!!

Le Maréchal de Camp., commandant les
gardes Nationales du Département de l'Hérault
assure aux membres de ces gardes, qu'il saisira
toutes les occasions de mettre sous les yeux
du Prince, colonel-général et de S. A. R. Mgr.
le Duc d'Angoulême, tout ce qui pourra leur
attirer l'attention et mériter les bontés du meilleur des Rois, puisque avec elle il pourra toujours dire :

Le Roi, la Patrie, et l'honneur !
Montpellier le 3 Décembre 1815.

Enfin nous terminerons cet opuscule par donner les plus grands éloges à M. Barrier, maître de
la poste aux chevaux, qui a conduit le Prince
partout, avec une célérité sans exemple. Chacun
se rappelle avec plaisir que dans le premier
passage du Prince au mois de Mars, M. Barrier
eut l'avantage de pouvoir offrir au Prince un
déjeuner chez lui, que S. A. R. accepta : son
Royalisme est connu de tous ses concitoyens,
dont il a toute l'estime.

FIN.

LE TRIBUT D'AMOUR DU MIDI,

CANTATE de M. REYNAUD.

Unissons nos cœurs , nos chansons,
Célébrons un fils d'HENRI QUATRE,
Appui du Trône des BOURBONS ,
Il sait nous aimer et combattre.
Immortalisez ses vertus,
Accourez filles de mémoire ,
Et placez auprès de Titus ,
Un nouveau Titus dans l'histoire.

FRANÇAIS , voyez les rejetons
D'un chêne qu'on ne peut abattre,
Ils sont l'image des BOURBONS ,
Enfans vertueux d'HENRI QUATRE.
La tempête eut beau s'élever ,
D'un œil calme ils ont vu l'orage,
Pouvoient-ils ne pas le braver ,
Avec notre amour, leur courage ?

Quand l'honneur a guidé vos pas
Sur le chemin de la victoire,
Quand vous affrontiez le trépas,
Du MIDI vous sauviez la gloire.
HENRI QUATRE du haut des Cieux ,
PRINCE, admirant votre vaillance ,
Vous vit digne de vos aïeux ,
L'amour , le soutien de la FRANCE.

Dans le MIDI, de vos bienfaits,
PRINCE, goûtez la jouissance ;
ICI, NOUS SOMMES TOUS FRANÇAIS,
Nous bénissons votre présence.
Ah ! prolongez votre séjour,
Vous nous aimerez davantage ;
Vous n'entendrez qu'un cri d'amour ;
Et ce sera là votre ouvrage.

O Ciel ! daigne exaucer nos vœux,
Veille toujours sur la perssonne
Du PRINCE brave et généreux,
QUE la vertu conduit au trône.
PRINCE ! puissiez-vous dans cent ans,
Porter encor le diâdéme
Puissiez-vous aimer nos enfans,
Autant que le MIDI vous aime.

CHANT DU MIDI.

L'AURORE du bonheur luit enfin sur la France,
L'airain n'appelle plus nos conscrits à la mort ;
Accourez Troubadours, chantez avec transport,
La chute du despote et notre indépendance.

CHOEUR.

De festons et de fleurs couvrons tout le Midi ;
O superbe Provence ! O fière Occitanie !
Par un serment sacré lions-nous aujourd'hui :
Guerre à tout conquérant et paix à la Patrie.

Ce Corse sans pudeur, ce noir Antropophage;
De vos fils moissonnés l'implacable assassin,
S'est enfui lâchement dans un pays lointain,
La paix va donc régner sous un ciel sans nuage.
   De festons, etc.

Oui, les fils de nos fils apprendront dès l'enfance,
Combien le vil Tyran redoutoit leur pays,
Et comment de sa haine étant enorgueillis,
Nous nous sommes armés pour notre délivrance.
   De festons, etc.

Dans ce climat brûlant, l'homme en lui sent éclore,
Les vertus des grands cœurs et les beaux sentimens;
Il adore un Roi sage, il combat les Tyrans;
Au Midi, le Français est plus Français encore.
   De festons, etc.

O race des Bourbons! Race Auguste et Chérie!
Dans nos murs le Trouveur long-temps te chantera;
Le dernier de nos fils, s'il le faut, marchera,
Pour soutenir le Trône et sauver la Patrie.
   De festons, etc.

A MONTPELLIER,

De l'Imprimerie de JEAN-GERMAIN TOURNEL,
Place de la Préfecture, N.o 216.

Et se vend

Chez FONTANEL, fils aîné, à la Grand'Rue.